Arcangelo Conzo

PEGNI D'AMORE

Racconti

PEGNI D'AMORE – Racconti

*Ai miei figli
Tony ed Erika.*

PREFAZIONE

L'amore è un'idea che porta al cuore, nasce dalla testa e si ramifica in tutto l'essere. Le sue sfumature le descrive bene Arcangelo Conzo, nel suo "Pegni d'amore". I colori di questo sentimento umano sono stesi su un'unica tela e sfumati come solo un maestro d'arte sa fare. E, infatti, "Pegno" è qualcosa che a che fare con la pittura, dal lat. –pignusoris, derivazione di pingere, "dipingere" (in origine era segno fatto per ricordare un impegno preso). Un segno sul cuore dell'amato/a o dell'amante. La garanzia che si dà in cambio o meglio lo scambio di qualcosa.

Cos'è l'amore se non un reciproco scambio, un dare e un ricevere? Naturalmente quando esso è corrisposto. L'amore spesso non è l'unico sentimento, ne racchiude altri e varie sono le sue forme in questa raccolta di brevi racconti.

L'amore orgoglioso, l'amore ritrovato, l'amore di due solitudini, l'amore vanitoso, bramoso, cha sa attendere e si fa attendere. Queste alcune sfumature del quadro dell'autore.

Un uomo per parlare d'amore deve amare, Arcangelo, ama quando scrive d'amore.

Ama, e solo un autore ispirato può scrivere così dell'amore. La tenerezza che si trova in "Il fartallino a pois", ad esempio; commuove e lascia l'opportunità di continuare a provare questo sentimento anche quando la vita sembra non riservare più nulla.

O l'amore narcisista che troviamo in "Maschera d'oro", dove Costante non si accorge di aver avuto a fianco un amore disinteressato, quello di Fabiana, che lo ama nonostante non riesca a vedere oltre il suo ego e l'amore per sé stesso. Queste ed altre sfumature in racconti che preannunciano romanzi.

Un autore, capace e poliedrico che merita attenzione.

TERESA FUSCA

Nei cerchi
di vento
rivelo
gli echi
dei sorrisi
che non hanno
mai fine
e il tempo
riporta
l'ingenuità
dei tuoi sospiri
tra le mie braccia
che t'accolgono
dolce pegno
d'amore.

CAMMEO

"Domenica 29 settembre 1912…"

Margherita passeggiava nel parco del suo palazzo di campagna, leggeva e rileggeva gli ultimi respiri all'aria aperta, impressi sul suo diario segreto.

La tristezza affiorò nel suo cuore. Si ritornava in città, l'estate chiudeva i suoi passaggi e le prime avvisaglie autunnali si sentivano nelle brezze mattutine. Camminava a passo lento, cercava di fissare nei suoi occhi grandi e neri e sulle pagine che aveva avuto cura di profumare con acqua di colonia, il maggior numero di immagini di un'estate passata in assoluta tranquillità, beandosi del sole e di un numero considerevole di amici di ogni estrazione sociale.

Tutt'intorno si sprigionava l'odore dell'uva pronta alla vendemmia. I contadini la recidevano con sapienza, senza intaccare i tralci e le loro voci facevano da coro alla musica delle roncole in azione.

Solo una cosa però la turbava: il volto semplice e arrossato dal sole di quel giovane, che tre giorni prima si era fermato sull'acciottolato con il suo calesse, tirato da un meraviglioso cavallo corvino e le aveva chiesto informazioni sulla carrozzabile che conduceva allo stabilimento del vino, lì vicino.

Lei non aveva mai provato così tanto trasporto e confusione nella testa. Ripeteva continuamente:

"Cosa mi succede?"

A testa bassa e con mille pensieri che la torturavano,

arrivò alla fine del parco, dove un muro alto all'incirca due metri delimitava la sua proprietà.

Pianse. Era un pianto carico d'amore e voglia di abbracciare quel giovane, apparentemente sicuro di sé e aggraziato nelle fattezze.

Margherita soffriva di una malattia ignota, che la portava spesso a letto, con febbricole e arrossamenti della pelle. Il medico un giorno esclamò sconfitto:

"Cause ignote!"

Si asciugò il sudore alla fronte, con un fazzoletto bianco, uscito dalla tasca della giacca.

Non c'erano medicine, nessuna funzionava in maniera adeguata. L'unica cura era quella di stare all'aria aperta, a contatto con alberi di pino e vita sana.

Il padre Anselmo, funzionario di Banca era un uomo integerrimo nel suo perimetro familiare e lavorativo, di giorno, mentre la sera diveniva lussurioso e godereccio, frequentatore di Cafechantant. Aveva acquistato da un vecchio Barone, caduto in disgrazia, una villa dei primi dell'Ottocento e l'aveva fatta restaurare da un bravo capomastro nei pressi di un paese dedito alla piantagione di vitigni di Primitivo e alla produzione di un ottimo vino, esportato in ogni dove. L'odore che si sprigionava dalle cantine private e dallo stabilimento vitivinicolo era perennemente presente in tutte le strade e campagne circostanti e il fruttosio aromatico inebriava i sensi e stordiva le malinconie.

Margherita ne trasse giovamento e stette meglio: la febbre non comparve quasi più e la pelle non mostrò chiazze rossastre che le tatuavano il corpo. In un lampo il cammeo che aveva al collo brillò di luce riflessa. Un raggio di sole si posò sul suo volto e, all'unisono, cinguettarono gli usignoli.

Margherita ebbe un sussulto al cuore e un pensiero fulmineo le attraversò la testa. Slacciò il pendente, aumentò il passo, attraversò il cancello e con grazia posò il cammeo sull'acciottolato, affianco al muro di cinta.

Il suo umore cambiò. Con spirito allegro rientrò in casa e aiutò Ninetta, la vecchia cameriera, alle dipendenze della sua famiglia da anni, a fare le valigie.

La notte la passò in dormiveglia. Di tanto in tanto si alzava e puntava lo sguardo là, dove aveva posato il cammeo. Il giorno dopo, di buon'ora, Anselmo radunò la famiglia, sistemò i bagagli nella sua Torpedo Fiat e partì per la città.

Margherita diede velocemente un'ultima occhiata al suo pegno d'amore adagiato e non nascosto e immaginò che capitasse nelle mani giuste. Passò ottobre e l'inverno si approssimava. I giorni in città passavano stanchi e dediti allo studio. Il diario celava le confidenze di Margherita e in casa oltre ai rumori delle stoviglie di rame e alla voce tombale di Ninetta, vigeva il silenzio più assoluto.

Due rintocchi cupi e cadenzati echeggiarono al portone di casa. Ninetta andò ad aprire e si ritrovò tra le mani un biglietto di invito, lasciatole da un ragazzo riccioluto e sorridente.

"Merci!"

Ninetta aveva la padronanza della lingua francese. Un amore giovanile l'aveva condotta a Cannes, ma la disparità di ceto era enorme e successe che lei si ritrovò a fare la governante nella casa del suo amore e l'amato promesso sposò una ricca americana della California.

"Merci!"

Ripeté. Il ragazzo rimase imbambolato alla visione di Margherita che aspettava sulla scalinata ansiosa; voleva saperne di più su quel biglietto arrivato così all'improvviso.

Il fattorino si tolse il berretto dalla testa, fece un accenno d'inchino, fissò Margherita, le sorrise spalancando la sua bocca carnosa e indietreggiando si dileguò. Lei si precipitò dalle scale, tolse dalle mani della governante il biglietto e lo lesse. No, non era per lei direttamente.

Il Cavalier di Malta, Dottor don Oreste Galeone, ha il piacere di invitarvi nelle sue Cantine di Carosino. Nell'occasione si stapperanno le prime bottiglie di Novello... "

Richiuse la busta e sulla sua faccia si dipinse la delusione. Il vino non lo beveva e mai l'avrebbe fatto. Le piaceva l'odore, non il sapore; quello la disgustava.

"Non ci andrò!"

Consegnò nelle mani di Ninetta la busta e corse su per le scale, nella sua camera. Sul ballatoio si girò ed esclamò:

"Non convincetemi, non ci andrò!"

Novembre, come suo solito, era uggioso e immalinconiva gli animi. Margherita era presa dallo studio e nella sua mente, ogni tanto, affiorava il volto del bel giovane col calesse. Alla presentazione del Novello del Cavalier di Malta non andò.

Al teatro davano la Traviata di Verdi. Novembre aveva quasi finito il suo giro e stava per consegnare il posto al freddo dicembre. Anselmo coi biglietti in mano e la marsina tirata a nuovo si aggirava per la casa, impaziente. L'ora era tarda e lo spettacolo andava ad incominciare. Moglie e figlia aiutate da Ninetta si prepararono e dopo un tratto di strada percorsa con l'auto messa a lucido, il teatro li accolse in una cascata di luci e sfarzo. Il primo Quadro ebbe inizio e i "Libiam ne' lieti calici" a ritmo di valzer risuonò nel cuore di Margherita, stordendola.

Violetta morì e fuori dal teatro venne giù un acquazzone che impantanò le strade. Le lacrime scesero copiose dagli occhi di Margherita e nel buio del palchetto una mano alle sue spalle le offrì un calice di vino. Anselmo e la moglie si girarono e videro il figlio del Cavalier di Malta che già conoscevano ed egli sorrise.

"Margherita libiam ne' lieti calici!"

"Come fa a sapere il mio nome? Io non bevo vino."

Margherita volse il capo lentamente e, imbarazzata, guardò negli occhi il giovane agognato.

Prese il calice, lo alzò in aria e assaggiò con voluttà il contenuto

"Non ha accettato l'invito nelle Cantine di mio padre e ho pensato bene di invitarla a teatro. I suoi genitori possiedono le mie intenzioni. Devo restituirle il suo pegno d'amore".

Cavò di tasca il cammeo e lo pose nelle sue mani. Poi si rivolse ad Anselmo e la chiese come promessa sposa. Margherita arrossì.

In vino veritas.

Il PETTINE D'AVORIO

Tullio, giovane vasaio, esponeva la sua mercanzia in bella vista nella piazza del mercato. Il sole primaverile luceva sui manufatti in terracotta e lui stesso appariva immerso in una vasca di luce intensissima.

"Ave"

Tutti lo conoscevano e tutti lo salutavano. Educatamente rispondeva e non era mai sgarbato o indisponente con chiunque si fermasse davanti al suo banco.

"Ave domina, ave dominus!"

Il sorriso splendeva sulla sua faccia e la cura nel vestirsi non era usuale come quello degli altri suoi colleghi mercanti. Ben tirato e ordinato, profumava di unguenti e non si risparmiava nell'offrire focacce e vino a chi glielo chiedesse. Amava la vita e le belle donne.

"Avvicinatevi alla tabula di Tullio, i vasi sono fatati e non come quello di Pandora."

Strillava per attirare quanta più gente possibile.

Si avvicinò una schiava dalla pelle ambrata. La tunica bianca, che le fasciava il corpo, mostrava la sinuosità e la grazia di chi aveva discendenza regale. Tullio non aveva mai visto tanta bellezza e rimase affascinato. Gli occhi della schiava, dapprima bassi, si sollevarono e sfavillarono di un verde color smeraldo. Guardò fisso il giovane che non resistette; aggirò la tabula e le si piazzò a fianco. La giovane sviò, abbozzò un sorriso e constatò la mercanzia. Gli occhi neri e fiammanti di Tullio furono colpiti da mille raggi di

sole e si acceccò. Barcollò, si trattenne a stento con la mano
sopra un lasanum che rotolò e cadde con un grosso tonfo
sopra la pietra, che fermava a terra una corda della tenda,
per fare ombra al banco. Tutt'intorno si sprigionò una risata fragorosa. Uomini e donne applaudirono Tullio che,
imbarazzato, non capì tanto clamore per un vaso da notte
rotto. La schiava arrossì e fece per andare, prontamente
trattenuta.

"Non preoccuparti, la colpa è solo mia."

Lei non parlò. Tirò in alto il cesto piena di frutti che
aveva in mano, e cercò di coprirsi il volto.

Il mercante la liberò dal peso e posò a terra la cesta.

"Come ti chiami?"

"Una schiava non può rispondere."

"Sono un uomo libero e non tollero le imposizioni."

"La padrona è in collera con me."

"Cos'è successo?"

"Mi riordinavo i capelli col suo pettine d'avorio e l'ho
rotto."

Riprese il cesto e a gambe levate fuggì via.

"Anahita!"

Tullio le gridò dietro.

"È il tuo nome?"

Venne la sera e il mercato fu sgombro da banchi e folla.
Tullio caricò tutto sul carretto, tirato da un somaro stanco
di color grigio polvere ed ebbe cura di sistemare i vasi con
paglia e stracci per attenuare i colpi. Bisacce in spalla, ap-
piedato, e con un gruzzolo da custodire, pungolò il somaro
che di camminare non ne voleva sapere e prese la via per
ritornare a casa.

Anahita lo aveva turbato. Il suo fascino non aveva
uguali. Anche se schiava, non disdegnò l'idea di riscattarla.

16

Avrebbe speso qualsiasi cifra pur di tenerla a fianco per tutta la vita. Di donne ne aveva avuto abbastanza: sposate, nubili e lupae. Ma, forse era arrivato il momento di fermarsi e creare una famiglia vera: con moglie e figli. La strada era lunga e, nel buio della notte, un lumicino attirò la sua attenzione.

Interruppe il cammino, sentì delle voci minacciose e cercò di sistemarsi in un anfratto coperto da enormi pini. Si sfilò le bisacce e la nascose in mezzo alle foglie. L'asino ragliò e le voci si zittirono.

Una mano prese alle spalle Tullio e lo sollevò di peso.

"Chi sei, dove vai?"

"Mi chiamo Tullio, sono un mercante di vasellame."

Era un gruppo di ladroni; lo circondarono e gli chiesero i suoi averi. Tullio non oppose resistenza.

Slegò l'asino e lo consegnò.

"È tutto ciò che ho! Il vasellame non è merce d'arricchirsi, lasciatemi almeno quello per sopravvivere."

Ci fu una gran risata e tutti lo beffeggiarono. Era la seconda volta che avveniva, ma non se ne preoccupò più di tanto. Le monete erano al sicuro, doveva salvare solo la pelle e con il suo fare da mercante, ci riuscì. Seppe tenere a bada il drappello di malviventi che non vollero nemmeno l'asino; lo ritennero troppo stupido e sfaticato. La notte avanzava e decise di sostare in quel posto. Il tragitto era ancora lungo e la mattina seguente si doveva presentare al mercato, sulla via Appia, di buon'ora. Legò l'asino ad un pino, segnò il posto delle bisacce con pietre e vi mise sopra lo sterco del somaro. Si adagiò sotto il carretto e le stelle lo accompagnarono nel sonno. Anahita si muoveva nel sogno a ritmo di danza del ventre e nella testa di Tullio montava il desiderio d'averla a fianco. Quando si svegliò l'aurora apriva le finestre al giorno e, senza pensarci due volte, attaccò il somaro al carretto e fece marcia indietro.

Aveva solo uno scopo: Anahita. Il mercato era vuoto e desolato. Stimolava l'asino a camminare e muoveva la testa a destra e a manca, alla ricerca di qualcuno che gli sapesse indicare dove fosse la sua amata. Un cane gli si avvicinò e, in un batter d'occhio, gli orinò sul calzare e fuggì via.

"Dannato cane!"

Lasciò quanto aveva e corse all'inseguimento dell'animale. L'asino placidamente guardò la scena e non si scompose. Restò immobile al centro del piazzale e masticò due fili d'erba che aveva proprio sotto il muso. Precipitandosi verso il cane, Tullio giunse nei pressi del cortile di un palazzo di gente ricca.

Alla sua vista s'aprì l'incanto: fiori, siepi, colonnine con sopra delle statue e una fontana monumentale dal quale zampillava acqua, concludeva il vestibolo.

In fondo, una vecchia matrona, inacidita dagli anni e attorniata da giovani schiave, si faceva servire e riverire. Anahita lisciava i capelli alla sua domina. Il pettine usato era in avorio ed aveva pochi denti; gli altri erano chiaramente rotti.

Il cane guaì e gli si accucciò a fianco, sonnolento. Preso dalla visione della scena, non si accorse di una mano che, alle sue spalle, l'afferrò per il collo:

"Che fai?"

Tullio con fatica si girò, rispose quieto e non si smontò.

"Sono qua per Anahita"

"È proibito sporgersi nella domus di domina Lucrezia. Via, straccione!"

Gli diede un calcio e lo allontanò in malo modo. Tullio non si diede per vinto, aggirò il cortile e scavalcò il muro.

Anahita era triste in volto. Con maestria cardava i capelli bianchi alla sua padrona. Tra il fogliame dei melograni si accorse del mercante che la spiava.

Ebbe un attimo di smarrimento, Tullio le fece segno di zittire. Alle sue spalle le mani furono due e lo sollevarono di peso, trascinandolo verso il vestibolo, al cospetto della matrona. Le ancelle fuggirono spaventate. Anahita restò ferma al suo posto e continuò la sua opera. Tullio fu costretto ad inginocchiarsi, ma prima di prostrarsi e abbassare la testa, diede un'occhiata di complicità all'amata. L'energumeno fu mandato via con un cenno della mano della domina. Il vasaio dapprima strisciò, baciò i piedi alla matrona e poi, d'impeto, si sollevò e si rivolse a lei in tono confidenziale, noncurante della distanza di rango che intercorreva fra loro.

"Ave domina, vi propongo uno scambio."

Stupita, guardò Anahita.

"Di che scambio parli?"

"Il suo pettine d'avorio è vecchio, sdentato. Ve ne farò avere uno nuovo e più bello."

Lo tolse dalle mani dell'amata e glielo mostrò. La domina rispose in maniera sprezzante e diede una manata al braccio della schiava. Tullio voleva intervenire ma fu trattenuto dalla schiava.

"È opera di questa stupida. È stata lei a spezzarlo."

"Il pettine in cambio della sua ancella."

La domina non si trattenne e scoppiò in una gran risata. Fu talmente forte e squillante che gli uccelli appollaiati sugli alberi volarono via, infastiditi dalle onde sonore che si propagarono.

"Pensi forse che io sia una demente ad accettare questo scambio? Anahita vale molto di più, non la scambio con niente."

"Io l'amo!"

Anahita arrossì, mise le mani alla bocca e dalle sue pupille sgorgarono due lacrime brillantissime, nel quale si specchiò il viso calmo e dolce di Tullio. La domina non si intenerì, fece cacciare il mercante fuori dalla sua proprietà e gli gridò dietro:

"L'amore non si compra e non si vende!"

Accanto al suo somaro Tullio capì che era stato impulsivo e sbrigativo nel proporre alla domina uno scambio così improponibile. Tornò alla sua bottega e voglia di lavorare ne aveva poca. Il suo pensiero era perennemente presente nella sua testa: Anahita. Due giorni dopo, in preda ad un delirio di sconfitta, appese un cartello fuori dalla sua tabernam:

OMNIA VENDERE
(VENDO TUTTO)

Si propose un uomo di mezz'altezza e pelato. Dal suo parlare, percepì che era uno schiavo che aveva ottenuto la libertà e quindi ora il suo status era: liberto. Si accordarono e oltre a una somma di denaro gli rimase lo sfaticato asino. Si mise in groppa, attraversò la notte senza fermarsi un attimo e arrivò dalla matrona stanco e affamato. Bussò al portone principale e, dopo aver aspettato due ore, sotto il sole di marzo che diventava sempre più cocente, man mano che aumentavano i giorni, fu accolto. Trovò la domina seduta al solito posto, in giardino. Questa volta, però, era in abiti delle grandi occasioni e in testa faceva la sua bella figura una grande parrucca cotonata, così come si usava. Tullio si prostrò e pianse. Cavò di tasca un sacculus pieno di pecunia e glielo offrì.

"Cosa vuoi ancora?"

"Vi dono ciò che ho! Amo Anahita, fate di me uno schiavo in questa casa. Pur di stare con lei sono pronto a tutto."

Anahita, il cui nome significava Dea dell'acqua, fu chiamata e informata. Col suo consenso si unì a colui che non aveva avuto remore nel perdere tutto per amore. Tullio bevve la semplicità della vita e la domina li tenne nella domus da uomini liberi.

BACIAMI PICCINA

Alla stazione il treno sbuffava impaziente, aveva fretta di portare giovani vite al fronte. Un bacio lungo e tenero schioccò in mezzo alla confusione e tutti si girarono. Teresa si strinse forte ad Angelo, tanto da fargli perdere il respiro.

"In carrozza!"

Il capostazione soffiò nel fischietto e mosse le bandierine che aveva in mano, per segnalare l'avvio al macchinista. Molti si precipitarono agli sportelli del treno e vi entrarono trafelati. Angelo si affacciò dal finestrino e lanciò un bacio appassionato.

Teresa non nascose una lacrima, tirò fuori dalla borsetta una fotografia fatta in occasione della cerimonia nuziale di sua cugina Filomena, sarta come lei, e gliela porse rincorrendo il treno, che già si muoveva sulle rotaie.

Angelo si sporse di più e fece in tempo a stringerla nella mano. Gridò:

"...sarà un lampo!"

La locomotiva prese la rincorsa e sfuggì alla vista di Teresa. Col cuore in gola e la speranza che tutto finisse in un batter d'occhio, lei ritornò all'Atelier della signora Gianna, dove prestava servizio. Ad aspettarla c'era la moglie del gerarca; esigeva la sua presenza e per ingannare l'attesa, sorseggiava il Tè con la titolare al salottino privato.

"Oh, la nostra Teresa!"

Teresa si scusò per il ritardo e spiegò le sue ragioni. Noncurante, la moglie del gerarca pretese un servizio degno della sua persona e fu accompagnata nel gran salone, dove le mannequin esibirono le creazioni della:

Prestigiosa casa di moda Atelier Gianna.

Gli abiti acquistati furono due: uno da sera e l'altro per l'ippodromo. Nell'aria il vento della guerra lambiva case e cuori e la gente si preparava al peggio.

Teresa, a fine giornata, camminava a testa bassa per raggiungere la fermata della corriera che la riportava a casa. Ogni giorno quindici chilometri ad andare e quindici per ritornare. La città, costruita per metà sul mare e metà sulla terraferma, tenuta insieme da un ponte, le aveva dato la possibilità di conoscere gente di alto rango e per questo le era grata. Dalla dichiarazione di guerra avvenuta il 10 giugno 1940, erano passati sei mesi. Il suo amore non le faceva avere notizie e l'ansia nelle viscere di Teresa montava, minuto dopo minuto. Il suo volto appariva sempre più abbattuto e preoccupato.

Nell'atelier non si risparmiavano i baciamano e le tartine al caviale e bisognava fare, per forza di cose, buon viso a cattivo gioco. Nelle ore di pausa pranzo Teresa correva alla ringhiera del lungomare. L'odore della salsedine la tranquillizzava e l'andirivieni delle onde le riportava la voce del suo Angelo che, tornato dal conflitto, avrebbe sposato con la benedizione di Dio e in abito bianco. Da qualche mese, però, l'orizzonte era nascosto da incrociatori e sommergibili che affioravano a pelo d'acqua, pronti ad intervenire sugli scenari di guerra e questo la portava nello sconforto. C'era un via vai inusuale di navi e marinai. Lei percepì che gli eventi precipitavano e che, da lì a poco, non avrebbe più fatto la pendolare dal paese alla città.

La signora Gianna vendeva meno abiti e le tartine divennero fette di pane nero. Comunque si andava avanti.

La fame diventava sempre più nera come il pane e quello che c'era era poco per tutti.

Al fronte Angelo pensava a Teresa. La sognava vestita con uno di quegli abiti che confezionava per le gran signore di città. Sognava di notte, mentre di giorno il rancio nella gavetta era sempre uguale: rape o patate bollite. Bisognava accontentarsi e lo stomaco non reclamava. Al lume del mozzicone di una candela, guardava e riguardava la foto della sua amata e la baciava. Riordinava le idee e rifletteva sull'evoluzione della sua vita, una volta che la guerra fosse terminata. Era meccanico apprendista e gli piacevano le moto da corsa. Avrebbe aperto una sua officina; il sogno più grande era quello di sposare Teresa e avere dei figli.

La notte era tetra e piovigginosa. I cannoni tacevano e tutto sembrava immerso in un antro orrendo.

Un'ombra si aggirava nell'accampamento, di soppiatto frugò nello zaino di Angelo, cavò fuori la bottiglietta del Cordiale e bevve con avidità. Una mossa falsa e il piede dell'uomo ombra toccò il piede di Angelo: ne scaturì una colluttazione, presto sedata dagli altri commilitoni.

Il tempo passava e i soldati cominciavano a farneticare parole e atteggiamenti strani.

Ogni azione era dovuta allo stress psicologico nel quale erano compressi e i boati delle bombe esplose contribuivano a far saltare in aria spesso anche i nervi. Le marce d'avanzamento contro il nemico procedevano speditamente, senza trovare ostacoli.

Tutto sembrava avesse avuto fine. Angelo, esperto riparatore, venne chiamato a risolvere il problema di un camion, nel quale si erano riscontrate avarie. Gli fu dato il nomignolo di: "Lampo di genio" perché riuscì a sciogliere il quesito in un niente. La stima verso di lui crebbe e tutta la truppa lo ritenne: uomo indispensabile. C'era chi gli offriva il suo Cordiale, chi un tozzo di pane, chi le sigarette. Diventò l'idolo del reparto.

Giunti nei pressi di un ponte di pietra, la truppa si organizzava ad attraversarlo. Dopo una constatazione, si vide che il viadotto aveva delle crepe e quindi non poteva sostenere il peso di camion e soldati. La decisione fu di far scendere tutti e far oltrepassare il fiume solo dai mezzi pesanti. Il suono delle sirene si propagò nell'aria all'impazzata. Il fuggi-fuggi della gente del caseggiato lì vicino divenne scomposto e terrorizzante. Qualcheduno nella fretta aveva portato con sé coperte e rosari.

L'incursione aerea ruppe la monotonia. Saltarono in aria case, alberi e camion. Non ci furono perdite fra i soldati. Per questa volta il buon Dio li aveva risparmiati. Col cuore in gola e la sigaretta in bocca, Angelo guardò il disastro, imperturbabile. Un lampo e tutti i pensieri si concentrarono su Teresa. Cosa faceva? Come organizzava le giornate? Era viva, si disperava per lui? Tirò fuori dallo zaino la fotografia e se la girò fra le mani.

"Amore mio, cosa abbiamo fatto di male per stare così lontani?"

Riprese il cammino con armi in spalla insieme agli altri. Nelle campagne si trovarono nei pressi di un casone disabitato. Vi entrarono e dentro c'era ancora qualcosa da mettere sotto i denti. Gli abitanti, probabilmente, lo avevano abbandonato nell'urgenza di salvare la pelle. Mangiarono e si riposarono. Nel pomeriggio ripresero la marcia. In lontananza echeggiavano le mitraglie. Il drappello s'acquattò fra i cespugli di ginepro. Il sole volgeva al tramonto e le tinte cariche illuminavano i volti di tragica espressione.

La paura era trattenuta nelle gambe a stento e non c'era conforto che potesse calmare i cuori di quei giovani che non capivano la ragione di tanta crudeltà. Una voce urlò con vigore spronando tutti a farsi onore e far valere il proprio coraggio. I mortai tuonarono e un polverone accecò la vista e l'orizzonte.

Angelo non aspettò il segnale convenuto.

Preso da uno stato di onnipotenza, dovuto all'assunzione del Cordiale nel quale nessuno sapeva se dentro c'erano anche delle droghe, partì incurante con zaino in spalla e fucile alla mano.

Il caporale, un calabrese verace e corpulento, con due baffoni alla Umberto, gli urlò dietro:

"Dove cazzo vai, Angelo!?"

Una granata raggiunse i piedi di Angelo e lo fece brillare di luce intensissima. Fu un lampo. Sembrava una torcia nella notte buia e tenebrosa. Cadde riverso con la faccia per terra. Dal naso colò quanto più sangue possibile e le sue labbra s'incollarono alla terra inzuppata. Lo zaino scoppiò insieme a lui e tutto ciò che vi era dentro si disseminò per la campagna. Al segnale del caporale, i soldati partirono alla carica lasciandolo agonizzante. Più avanti caddero altri giovani e più avanti ancora ne caddero altri.

Una folata di vento diradò il polverone e una carta rotolò vicino ad Angelo. Gli sfiorò la gamba, la mano e, con un altro svolazzo, raggiunse la faccia attaccandosi alle sue labbra. Lui le atteggiò a un sorriso e i suoi occhi si chiusero alla vita.

La radio, nell'Atelier della signora Gianna, Rabagliati cantava: Baciami piccina.

MIMOSA

"Wer zuerst wartet"

(Chi prima arriva aspetta.)

Alexandra filava che sembrava una saetta. Nonostante avesse scarpe col tacco e la veste che le arrivava alle caviglie, il suo procedere non uguagliava nessuna della sua stessa età. Elisa l'inseguiva col fiato in gola:

"Ich bin schneller"

(Sono più veloce io.)

Ma non riusciva a superarla.

"Bitte hor auf!"

(Fermati ti prego!)

Si fermò stremata al tronco dell'acacia e vi si addossò. Era tempo di mimose e l'albero ne aveva prodotto in quantità, tinteggiando di giallo il cielo. Elisa roteò la testa e si perse nella maestosità del creato.

Rise e si accasciò sull'erba fresca. Le due, figlie del comandante di cavalleria Hans Lowen, fortemente attaccato alla corte di Federico Guglielmo II, esibivano la loro vitalità correndo. Correvano attorno al giardino della loro villa, costruita in stile Neoclassico, sulla collina kahlenberg, nei pressi di Vienna, appartenuta ai nonni paterni.

Crescevano sane e belle, assistite da una vecchia governante che viveva in casa fin dai tempi in cui i loro nonni davano feste e ricevimenti. I corteggiatori per le ragazze non mancavano, ma il padre, un uomo intransigente, non ammetteva distrazioni e auspicava per loro una sistemazione matrimoniale, pari alla loro posizione sociale.

Nell'Austria prussiana, le giovani nobildonne, oltre a impiegare il proprio tempo allo studio e all'apprendere la morale e la carità, concentravano il proprio spirito sul loro futuro. Soprattutto si chiedevano chi sarebbe stato l'uomo che le avrebbe portate all'altare.

A volte i precettori erano noiosi e pedanti. Ma in casa Lowen, dove Alexandra ed Elisa cercavano di conoscere la vita e tutte le sfumature che la facevano apparir bella, tutto scorreva in maniera spensierata e affascinante. Le lezioni erano corredate di pratiche esplicative e spesso venivano fatte all'aria aperta, alla maniera dei filosofi greci. L'arte e la scienza predominavano su tutto.

Elisa amava suonare il Clavicembalo e componeva brani che allietavano le serate in casa, alla presenza di conoscenti e parenti. La sua testa era perennemente rivolta al cielo e scrutava le mutazioni delle nuvole, nei giorni grigi dell'inverno austriaco. Stelle e luna le considerava formazioni pietrose, ma capaci d'incantare l'anima degli epicurei più incalliti. Pensava e ripensava al giovane che l'avrebbe accompagnata al ballo, in occasione del suo diciottesimo anno e spesso Alexandra, più giovane di lei, la ritrovava in camera, affacciata alla finestra, con la mano a tenersi il mento e gli occhi trasognanti. La punzecchiava e l'esortava a cercarsi un giovane da marito. L'età era quella giusta e il momento propizio per cominciare a darsi da fare. Puntualmente Elisa la rincorreva e finiva come sempre a cuscinate.

Alexandra amava inventarsi gli scherzi e perciò, una sera, le fece trovare sopra il guanciale, un biglietto chiuso con un nastro rosso sul quale aveva scritto:

Das debut des tanzes
(Ballo delle debuttanti)

Elisa urlò. Intervenne la governante che, presto, come suo solito, batté tre volte le mani e tutto ritornò nella norma delle regole di casa.

"Dame im bett!"

(Signorine a letto!)

Le ragazze, prima di addormentarsi, fantasticavano e nel buio della stanza si libravano in volo.

Nel cuore della notte, Elisa fu tirata giù dal letto da Alexandra e in camicia da notte e di soppiatto attraversarono il lungo corridoio fino alle cucine e arrivarono in giardino. Furono attratte dalla grande luna che rimandava la luce tra i fiori gialli delle mimose e ne rimasero incantate. La visione fu paradisiaca. Per effetto del riverbero lunare, i fiori e le fronde degli alberi avevano colori sgargianti e i loro visi apparivano immersi in una fiaba. Lo sbattere delle ali di un barbagianni le riportò al reale e per paura si abbracciarono. Alexandra, che sembrava quella più coraggiosa, si sciolse in un pianto e volle rientrare in casa. Elisa sentiva una forza dentro di sé, che la tratteneva vicino all'acacia e non si mosse.

Alexandra tremava e le sussurrò di sbrigarsi.

"Ich habe angst!"

(Muoviti ho paura!)

Elisa, inconsapevole, si chinò e cominciò a scavare a mani nude sotto il tronco. La sorella la tirò per il collo della camicia da notte e tentò di alzarla.

"Was machst du?"

(Che fai sei ammattita?)

Alexandra la guardò senza capire cosa stesse facendo. Elisa imperterrita scavava. Era catturata da una frenesia incontrollabile. Le mani e la camicia da notte si sporcarono di terra ed erba, ma non se ne curò. C'era una scatola in rame sbalzata, interrata.

La tirò fuori e si guardarono attonite. Lentamente Elisa la schiuse e ne uscì fuori una luce intensa.

L'interno era completamente foderato di specchi e la luna posò i suoi raggi sopra un ramo di mimosa d'argento, nel quale era custodito. Un fazzoletto in pizzo sigillava un biglietto, scritto in bella grafia:

Begraben das herz die mimose
(Sotterro il cuore e la mimosa.)

Gli occhi di Alexandra si spalancarono e fece un passo indietro. Era chiaro in viso che c'era in lei una sorta di timore.

"Warum war es verborgen?"
(Perché è stato celato?)

La sorella non diede risposta. Delicatamente estrasse la mimosa e l'esaminò. Guardò l'imponenza dell'albero, raccolse tutto e lo strinse nell'orlo della sottana. Mano nella mano e ammutolite ritornarono in casa. Giurarono di mantenere il segreto. La pendola rintoccò tre volte.

Ripulita e lucidata la scatola assomigliava al tris di oggetti, appoggiati sul piano della toilette, in camera dei genitori che prima era stata dei nonni. Quel ramo di mimosa in argento mise nelle due curiosità e voglia di sapere. Ma la loro vitalità faceva scordare le cose. Invitate dai genitori a fare una passeggiata in carrozza, il loro segreto fu lasciato sul tavolo da studio, nella loro camera e chiunque entrava poteva vederlo.

La governante preparò il pranzo e il tavolo della sala da pranzo. Il cielo si annuvolò e venne giù una pioggia fitta e calda. Si affacciò alla vetrata che dava al giardino e fissò lo sguardo all'acacia. Le foglie e i fiori di mimosa apparvero afflitte. Dalla sua bocca uscì una parola, ma non c'era nessuno ad ascoltarla. Cadde una lacrima dai suoi occhi verdi e si riversò nella scatola di rame, che aveva in mano. Il suo passato riaffiorò dall'acqua e mille lamenti si rivelarono nelle orecchie.

La scena straziante del corpo riverso in mezzo alla pioggia, nel vicolo di Vienna, le torturava l'anima da un tempo illimitato. Lei era innamoratissima del giovane medico Carl Steiner, prossimo suo sposo, il quale le aveva fatto dono, come pegno d'amore, una mimosa d'argento. In un giorno di pioggia dell'ottobre 1742 alle ore 23,00 fu trovato morto, colpito da un fendente allo stomaco. C'era stato un mandante e un esecutore.

Carl, la mattina di quel giorno, aveva sorpreso il nonno delle ragazze, Niklas Lowen, nell'atto di violenza nei confronti di Ingrid, la sua fidanzata. Ne era scaturita una colluttazione ed era stato lanciato il guanto della sfida. Nessuno seppe mai la verità. Ingrid seppellì il suo pegno sotto l'albero che rappresentava forza e femminilità ed usò, come custodia la scatola di rame che apparteneva a Niklas, esecutore materiale di quel delitto. Lei rimase in quella casa, protetta dalla gastgeberin (padrona di casa) che, per accondiscendente sudditanza nei confronti di un marito violento e autoritario, non riusciva a staccarsene.

Con la scatola in mano, Ingrid avanzò sotto la pioggia verso l'albero.

Nell'attimo in cui la sotterrava, si presentarono le ragazze. Correvano per non bagnarsi. Intravidero la scena, si bloccarono e l'acqua scrosciò sopra le loro teste, come a lavarle da colpe non loro. Elisa, che era stata quella ad aver rinvenuto quel segreto, si avvicinò:

"Was das bedeutet?"

(Cosa significa?)

"Begraben das herz die mimose."

(Sotterro il cuore e la mimosa.)

La pioggia cessò e le lacrime di Ingrid bagnarono il viso della ragazza, che la strinse forte a sé.

"Rebellieren gegen gewalt!"

(Ribellatevi alle violenze!)

MICOL

La luna dei primi di marzo, quella sera, splendeva radiosa nel suo cerchio perfetto. L'invito era per le venti e Gabriele fu puntuale. Si presentò con una rosa scarlatta. L'amica Anna era stata all'ospedale per problemi di cuore e lui, per impegni di lavoro, l'andava a trovare qualche mese dopo. Al citofono rispose una voce irriconoscibile, non si preoccupò e salì su per le scale. Sulla porta, i suoi occhi incrociarono gli occhi di una donna elegantissima e sorridente.

"Anna la sta aspettando!"

Gabriele indugiò ad entrare. Quegli occhi avevano un non so che di misterioso e affascinante.

"Prego da questa parte."

"Sì, sì grazie! Conosco la strada."

Anna l'accolse a braccia aperte. Parlarono dei loro trascorsi e della malattia che aveva bisogno di assidui controlli e di cure specifiche.

Gabriele era amico di Anna da vecchio tempo. Fra loro intercorrevano parecchi anni di differenza, una quindicina. Avevano modi diversi di interpretare la vita: a lei piaceva sprecare il denaro in cose superflue, mentre per Gabriele il denaro aveva un valore effettivo. Sgobbava per guadagnarlo e ponderava bene ogni suo acquisto. In una cosa però erano uguali: amavano l'arte e la poesia.

Quella sera successe che Gabriele non staccò gli occhi dalla donna che aveva premure per Anna e l'assisteva in ogni sua mossa.

"È Micol! Lei mi aiuta."

Con voce amorevole la presentò. Gabriele la guardò negli occhi ed ebbe un tuffo al cuore. Le sue mani toccarono le mani di Micol ed un corto circuito prolungato lo incendiò. Anna fu oscurata, messa da parte e i riflettori illuminarono i volti sorridenti dei due, che si raccontarono.

Anna non se ne fece un problema.

La storia di Micol aveva sapore acido: un marito che diventava violento quando si ubriacava, perdeva al gioco delle macchinette e le chiedeva assiduamente soldi per sigarette e vizi. Lavorava poco, quasi mai e viveva di notte per combattere la sua ansia connaturata. Gabriele s'aprì, non era solito farlo. Il suo carattere introverso lo faceva apparire schizzinoso, ma in realtà aveva un cuore di burro che si scioglieva in un niente.

Anna armeggiò col telefono, aveva imparato ad usarlo e si connesse a Facebook. A loro non ci pensò. Era contenta che conversavano indisturbati. Dopo mezz'ora Gabriele si rese conto di chi aveva di fronte. Il volto di Micol si rivelò nei suoi ricordi ed ebbe una smorfia di meraviglia.

"Micol! Oh Dio, come ho fatto a non riconoscerti?"

"Volevo che lo facessi tu!"

"Non sei cambiata affatto. Sono io che ho la nebbia negli occhi e nella testa. Mi sono separato e sto vivendo una nuova condizione."

Anna si girò appena, poi riprese col cellulare.

Si scambiarono i numeri di telefono e videro se il collegamento su WhatsApp funzionava. Promisero di sentirsi presto, si baciarono sulle guance e il portoncino fu chiuso alle spalle di Gabriele. Anna rise.

Era come se tutto fosse frutto di un suo disegno. Soddisfatta, chiese la cena e fu servita da signora qual era. La sua era una famiglia altoborghese, aveva vissuto nell'agiatezza e, alla morte dei genitori, la casa era toccata a lei, congiuntamente a terreni e un gruzzolo da spendere. Era sola e zitella. I fratelli, professionisti medici e avvocati, vivevano in città e non potevano badare a lei. Micol aveva bisogno di lavorare; nonostante avesse gestito un negozio di porcellane pregiate, gli affari erano andati male e si ritrovava a combattere con le esigenze di casa, senza un centesimo. Aveva accettato la richiesta di fare da assistente ad Anna e lo faceva alla sua maniera: con classe.

La sera Gabriele andò nella trattoria, gestita da due anziani che lo avevano preso a bene, nei pressi del porto della città dei due mari. Pasteggiava da solo ed aveva un posto prenotato, in quella che era diventata la sua famiglia. Un pensiero gli balenò nella mente: come mai non aveva riconosciuto Micol?

Eppure, era stato a casa sua, lei era amica della moglie.

Tra un boccone e l'altro, prese il telefonino e selezionò il suo nome e le mandò un messaggio su WhatsApp:

"È stato veramente un piacere parlare con te stasera."

Erano le ventidue e non ci fu risposta. Gabriele riprese a mangiare e a fine pasto sorseggiò un goccio d'amaro. La luna continuava a mandare luce sul mare e nei suoi occhi; decise di fare due passi sulla banchina. La calma delle onde era totale. La sua vita aveva avuto una svolta e ancora non si capacitava a cambiarla. Con la moglie aveva chiuso da due anni e la sua mente era sgombra da ogni ricordo che la riportasse a lei. La rimuoveva giorno per giorno ed era giunto al punto che non sentiva più nessun dolore. Un'altra storia con una donna c'era stata, ma nulla di significativo; solo messaggi telefonici e incontri fugaci.

Giunse a una panchina orientata al mare. Si sedette ad ammirare la città, che si rifletteva imperiosamente nello specchio d'acqua. Sotto il piede sentì qualcosa che gli diede fastidio. Lo sollevò, e nel riverbero della luna apparve una perla, forse un orecchino. Lo raccolse e se lo girò tra le mani. Il mare riportò l'eco di un amore già vissuto chissà dove, chissà quando. Si aggrovigliarono nella sua testa storie mediterranee, fascini d'oriente e bellezze di una Magna Grecia ancora presente nel respiro prolungato del suo essere. Si addormentò cullato dalla brezza e fu svegliato dal suono di un messaggio al cellulare. Erano le ventiquattro e zero nove, sul molo non c'era anima viva.

"Anche per me!"

Non rispose, era banale. Si sollevò, fece ballonzolare nella mano, che poi strinse a pugno, la perla e ripensò alle parole di Micol.

Gli aveva parlato di quanto le piacevano le perle e di come si formano all'interno dell'ostrica.

"Un granulo di sabbia si intromette nel guscio e l'ostrica, per proteggersi dalla sofferenza, crea attorno al corpo estraneo un involucro opalescente che noi chiamiamo perla. La perla nasce dal dolore."

Assonnato, chiuse gli occhi sul materasso di una stanza presa in affitto. Al risveglio c'era Micol, la perla, e mille tenerezze nella sua testa. Non lo considerò colpo di fulmine. Mentre si insaponava il viso, esclamò ad alta voce:

"Affinità celebrale!

Gusti e intendimenti artistici lo avvicinavano alla donna che gli aveva aperto la porta da Anna. Prepotentemente Micol nidificò nei suoi pensieri. Ora un motivo per vivere c'era. La nebbia si diradò dai suoi occhi e finalmente affiorò lucente di sole e d'azzurro lo spirito positivo. Accese una vecchia radio e cantò a squarciagola. Dalla finestra della cucina vide apparire, come tante fiammelle, le teste delle vicine affacciate ai balconi. Una di loro, con un mozzicone in bocca e un bicchiere di whisky in mano, si sporse più delle altre. Gabriele gesticolò e le ripeté:

"Affinità celebrale!"

La donna sorrise lasciando precipitare nel vuoto il mozzicone, alzò il bicchiere, brindò e tracannò.

"Alla tua!"

Le visite ad Anna furono frequenti. Micol si raccontava e Gabriele l'ascoltava religiosamente. C'era un Dio da ringraziare per l'incontro avvenuto tra loro. La salute di Anna migliorava e non aveva bisogno di assistenza eccessiva. In maniera naturale e senza remore, Gabriele fece scivolare nella mano di Micol la perla, trovata sul molo.

"Non so se è vera o niente di eccezionale. È solo una coincidenza. A te piacciono le perle ed io ne ho trovata una."

I loro sguardi si toccarono in un punto invisibile, chiamato: scintilla d'amore. Le dita si sfiorarono e le guance ebbero il loro premio. Si baciarono e arrossirono. Micol aveva capito tutto ma c'era tra loro un uomo che non poteva abbandonare, perché incapace di gestirsi la vita da solo: suo marito.

Nei loro pensieri c'era turbamento. Gabriele prese la situazione in mano e si dichiarò. Non ci fu risposta immediata, nemmeno nei giorni seguenti.

La perla trovata rimbalzava nel vivere di Micol e cominciava a torturarla. Le attenzioni per lei non mancavano e Anna se ne accorse. Ai caffè della mattina, seguirono gli inviti a cena e Gabriele puntualmente non si lasciava scappare l'occasione di stare con la donna dei suoi sogni.

Micol lo ammonì e gli ricordò alcuni episodi che lo riguardavano.

"Come mai mi passavi davanti e non ti degnavi di rivolgermi lo sguardo? Eri così scostante, ora invece sei amorevole, premuroso…"

"Non domandarmelo, non lo so. Prima era così, adesso è diverso!"

Anna intervenne sorridendo e beandosi per quello che aveva fatto.

"Sono stata io!"

Micol e Gabriele si girarono sbalorditi.

"A fare cosa?"

"A farvi incontrare."

Ne scaturì una lunga risata. Anna conosceva bene le storie dei due e voleva fare una buona azione. Lei, devota e pia, si era messa in testa di fargli vivere dei momenti di felicità, complice in casa sua.

Tutto aveva una sua logica, ma Micol non poteva cedere e mantenne il suo equilibrio.

L'estate era prossima; una sera Gabriele si presentò da Anna con due rose. Micol aveva nello sguardo una luce diversa dalle altre volte.

Parlarono come loro solito e venne l'ora per lei di tornarsene a casa. Anna li aveva salutati ed era andata a dormire. Con un gesto fugace della mano, i capelli di Micol ebbero un sussulto e si spettinarono. I suoi occhi brillarono e dal lobo dell'orecchio comparve la perla che Gabriele le aveva regalato.

Le loro bocche si unirono e i corpi si incendiarono di passione.

ITZEL L'ARCOBALENO

La Corte tutta era radunata per banchettare: pernici, quaglie e cibo proveniente dal nuovo mondo.

Il Duca Alebrandi amava circondarsi di cortigiane, buffoni e artisti d'ogni genere.

Il menestrello Contedoro intonava le sue storie d'amore e sublimava le donne con la sua dolcezza di voce. Il poeta Artemisio declamava le sue liriche con tale forza che ogni Signore lo avrebbe voluto alla sua Corte, per fregiarsi dell'impeto passionale che lo caratterizzava. Il buffone Garcìa divertiva con le sue satire e puntualmente veniva deriso e punito bonariamente, facendolo inginocchiare in mezzo alla sala. Imitava il raglio dell'asino e tutti gli buttavano addosso verdura e cibo avanzato. Pà De Lisandro, pittore, viveva all'interno della Corte, aiutato dal Duca il quale gli faceva da mecenate. Nelle ore diurne Pà dipingeva ritratti e affrescava i palazzi del Ducato Alebrandri che si estendeva sempre di più con i traffici provenienti dalle Americhe. La vita nella Corte si trascinava stanca e noiosa: ai gozzovigli, susseguivano caccie alla selvaggina nei boschi e tresche notturne con le cortigiane consenzienti.

L'artista aveva donne in quantità, tutte affascinanti ed era servito e riverito.

Il nuovo mondo era considerato terra di conquista e la cattolicissima Spagna pensò bene di arricchirsi.

Per il pittore Pà, invece, gli interessi erano altri: sete di conoscenza.

Le notizie sui popoli indigeni lo affascinavano. Alcuni parlavano di uomini coperti d'oro, altri di costruzioni maestose in mezzo alle foreste, altri di donne dalla carnagione d'ambra.

Col primo Galeone, diretto nelle terre nuove, salpò da Siviglia. Il mare lo sorprese in burrasca. Lui non era avvezzo a combattere con le onde in subbuglio e l'esperienza fu penosa. Approdati, il suo cuore si allargò. Lo colse la meraviglia e il paradiso in terra si spalancò davanti ai suoi occhi. Cercò e ottenne delle guide per addentrarsi nelle zone impervie.

Il suo obiettivo era raggiungere i popoli che abitavano l'entroterra prima della venuta di Colombo. Le strade erano tortuose e per niente agevoli. Non si diede per vinto e attraversò corsi d'acqua e foreste. Quando la carovana si fermava ritraeva ciò che vedeva e non era mai sazio. Tra i rami di querce centenarie e piante a lui sconosciute, s'apriva dei varchi e avanzava imperterrito lasciando tutti alle spalle.

Un sibilo continuo lo attraversò e mosse la testa per intercettare la provenienza. Scostò il fogliame di una pianta altissima e intravide una statua raffigurante una donna. La figura onnipotente della Dea era in piedi, in una vasca piena d'acqua.

S'accasciò per guardare meglio. Uomini e donne, coperti da piume, l'essenziale per nascondere le nudità, portavano a testa bassa ciotole contenente liquido scuro verso un altare. Ad aspettarli c'era un uomo, probabilmente un santone che eseguiva dei riti. Un altro, rivestito interamente di ornamenti in oro, seduto sopra un trono di pietra finemente scolpito, dava ordini. Pà svoltò la testa verso il resto del suo gruppo e fece loro segno di zittire. Il sibilo identificato proveniva da un buco scavato in una pietra, nella quale il dolce vento si intrometteva passando da parte a parte.

Quegli uomini avevano compostezza nell'offrire alla Dea le scodelle. Non era giusto chiamarli selvaggi. Pà incurante proseguì.

Il cielo scintillava di un azzurro mai visto e il suono dei tamburi, mescolati agli strumenti rudimentali a fiato, davano l'impressione che era in atto una cerimonia. Dopo un breve tratto cercò di intravedere i suoi compagni di viaggio. Tra le foglie e l'erba se la filavano a gambe levate.

Stordito si ritrovò in una capanna, fatta con arbusti, buia e senza via di fuga. C'era una guardia a sorvegliarlo. Ciò nonostante, non si diede per vinto e aspettò che qualcuno gli spiegasse cosa stesse succedendo. La porta si spalancò e una luce sfolgorate entrò accecandolo. Fu portato al cospetto di quello che era seduto sul trono di pietra, il capo. La lingua era incomprensibile e si aiutò a gesti. Intorno a loro, oltre a due guardie, non c'era nessuno. Il capo si alzò in piedi, sollevò le braccia e con lo sguardo al cielo pronunciò ad alta voce delle parole a lui conosciute:

"Diosa de la fertilidad."

(Dea della fertilità)

Il capo compì un segno con la mano, Pà comprese che il rito riguardava la dea che genera vita e sorrise. Le guardie lo obbligarono ad abbassare lo sguardo. Una voce altisonante rimbalzò, trapassò la pietra bucata e ne uscì un misto di rantolo e guaito di cani.

"Sacrificio!"

Rabbrividì e cadde con la faccia rivolta a terra.

Tamburi e flauti echeggiarono in lontananza e voci esultanti si avvicinarono:

"Xochiquetzal, Xochiquetzal... "

Una schiera di donne circondò la statua della dea, immersa nella vasca piena d'acqua e Pà pensò alla sua fine. I suoi sogni di esploratore si erano infranti in un niente e, da buon cristiano, si rivolse alla Madonna, offrendole un'Avemaria. Si sentì sollevare con dolcezza dalle braccia e un profumo intenso di cannella gli punse le narici. Due indigene, adornate con piume coloratissime, gli sorrisero. I loro visi ambrati erano di una bellezza mai vista. Gli tornarono alla mente i racconti dei marinai che, prima di lui, avevano perlustrato quelle terre paradisiache. Le donne gli si radunarono intorno e danzarono battendo i piedi per terra e lodando la dea della fertilità: Xochiquetzal.

Il santone batté le mani tre volte e tutti tacquero.

Pà si girò intorno alla ricerca di volti amici ma nulla e nessuno si presentò. Avanzarono quattro uomini muscolosi che portavano a spalla un trono scolpito in legno dorato, sulla quale c'era una donna seduta e coperta interamente da piume sgargianti che fu posta a fianco alla dea Xochiquetzal. Pà inginocchiato davanti a lei scattò innervosito e urlò con quanto fiato aveva in gola.

"Che significa?"

Il santone si accostò a loro:

"È inciso sul tempio: verrà il giorno dell'arcobaleno."

Nell'aria c'era qualcosa di magnetico e Pà, forse stordito crollò a terra, addormentandosi. Giunse la sera e venne la notte. Al risveglio si trovò solo con l'indigena e una fiaccola posta sopra un palo.

La donna non si era mossa dalla seggiola e lo fissava intimorita. Pà le sussurrò all'orecchio, in modo che non lo sentissero:

"Capisci quello che ti dico?"

Lei fece di sì con la testa e non parlò. Pà sillabò le parole.

"Cosa ci facciamo noi qui?"

"Sacrificio!"

Un brivido percorse la schiena di Pà e per riscaldarsi si chiuse nelle braccia. L'indigena continuò:

"Quelle come me hanno poca speranza di vivere."

La guardò senza capire.

"Cos'hai?"

Sul volto della ragazza si dipinse la rassegnazione e abbozzò un sorriso melenso.

"La mia terra non è fertile."

Lui prese la fiaccola e le illuminò il volto.

"Qual è il tuo nome?"

"Itzel!"

"Di che terra parli?"

"Non sono bella e merito la morte."

"E per questo non hai diritto a vivere?"

"Gli uomini del villaggio non mi vogliono."

"Non mi sembra una ragione valida."

Cercò di farla scendere, ma si accorse che era legata alla sedia e la slacciò. Le scoprì il volto e notò due rivoli di pianto che le tagliavano in due le guance. Lei non era per niente affascinante e cercò di coprirsi con le mani. Pà, delicatamente gliele tolse dal viso, l'osservò e con i pollici le asciugò gli occhi.

Itzel sorrise, il suo viso si illuminò di una luce luminosissima, gli strinse le mani e le baciò. Per incanto, nonostante il buio, in cielo comparve l'arcobaleno.

"Prima di morire ti farò dono del cibo degli dei."

Gli accostò la scodella che aveva con sé che serviva per far dono alla dea Xochiquetzal e lo invitò a bere. La notte era calma e si respirava un'aria salubre di pini magnifici e imponenti. I versi degli animali facevano da sottofondo al loro parlare e tutto sembrava irreale. Pà aveva tanto desiderato immergersi nello stupore di quelle terre inesplorate, ma si rendeva conto che non era facile vivere in quei luoghi e gli sembrò che la vita le stesse sfuggendo dalle sue mani. Guardò in alto, afferrò la fiaccola e fuggì a gambe levate. Il buio coprì il volto di Itzel e l'arcobaleno scomparve.

Il giorno si preparava con le prime luci fievoli dell'alba e gli abitanti del villaggio iniziarono a radunarsi per compiere il sacrificio. Itzel fu denudata dalle piume e affiorò tutta la sua bellezza di donna. Il suo corpo intatto, di vergine, esplose di splendore.

Il capo e tutti si sistemarono ai loro posti. Il santo ne prese la parola:

"Abbiamo aspettato invano l'arcobaleno ma nulla è apparso in cielo. Itzel non è diventata bella e nemmeno lo straniero l'ha voluta. Che abbia inizio il sacrificio."

Comparve Pà e si fece strada nella moltitudine di persone.

"Itzel vivrà!"

Il santone si oppose e chiamò i suoi uomini a fermarlo.

"Conosco bene la bellezza del cuore. Mi chiamo Pablo De Lisandro e sono un'artista."

Lo bloccarono e lo condussero dal capo. Pà si liberò dalla presa e si rivolse a tutti:

"Io l'ho visto l'arcobaleno!"

Il capo si alzò e lo minacciò.

"Bada, se non è la verità morrai con lei."

"Sono pronto! Itzel è l'arcobaleno!"

Itzel gli offrì nuovamente la scodella che conteneva cioccolata. Lui non si ritrasse, bevve il cibo degli dei e ascoltò la voce del cuore. Offrì la ciotola a Itzel e si inginocchiò.

"Voglio stare con te per sempre."

Itzel appoggiò le labbra nel punto dove l'aveva messe Pà e bevve.

Tamburi e flauti intonarono suoni di festa.

Uomini e donne danzarono per giorni interi in mezzo alla natura incontaminata e l'arcobaleno non si mosse dal cielo.

IL CAGNOLINO DI PEZZA

Era marzo, le corriere avevano scaricato una massa enorme di giovani, muniti di: bandiere, megafoni, bombolette spray e mazze. Flora scese, si stiracchiò e annusò l'aria già carica di tensione. Il cielo aveva l'azzurro macchiato da piccole nuvole bianche e il sole ancora tiepido, illuminava di traverso le lamiere delle corriere ferme nel grande spiazzo, nei pressi della zona Tiburtina. Per le vie di Roma, una macchia multicolore avanzava e i poliziotti, in tenuta antisommossa, teneva a bada la fiumara di gente.

Il corteo sfilava ordinato in mezzo a lacrimogeni e parole urlate al megafono. La Polizia era pronta alla carica e gli studenti agguerriti alla lotta. Flora capeggiava il suo gruppo e bandiva slogan contro chi non capiva i loro problemi di giovani.

I vecchi, i matusa, gli ammuffiti, i genitori, le istituzioni erano bersagli e nemici da combattere. Gli studenti le avevano dato il nomignolo "Guerrina".

Era forte e imprudente, femminista, impulsiva e mai distruttiva. Nella sua camera da letto non c'era il Crocifisso, ma la gigantografia di Che Guevara.

Molotov, sassi e scritte infamanti non facevano per lei. Amava il dialogo, spesso accesso e spietato ma non tollerava in nessuna maniera il contatto fisico, finalizzato a pugni e tirata di capelli. Flora non se ne faceva passare nessuna: alle offese rispondeva con le offese e, proprio per questo, tanti suoi coetanei e professori badavano bene nell'attaccarla verbalmente. Non amava, quasi schifava i rossetti, i mascara e i fard; li considerava roba da donnicciole insipide. Era riferimento per chiunque avesse da contestare qualcosa ma non tollerava le idiozie e i sovversivi incalliti che, pur di obiettare, creavano disordini e rimostranze.

"Guerrina!"

Una voce alle sue spalle la chiamò. Lei si girò e vide un ragazzotto con i capelli rossicci, mille lentiggini sul viso e uno zaino usurato in spalla. Lei procedette e azionò il megafono. Il ragazzo le si mise a fianco, aveva nelle mani un pezzo di cartone sul quale c'era scritto:

DIRITTO E LIBERTA'.

"La tua fama ha superato i limiti, sai?"

"Non mi interessa! Quello che faccio è per quelli che arriveranno dopo di noi."

"Mi affascini!"

Flora abbozzò un sorriso e continuò imperterrita. Azionò il megafono e la sua voce carica di fervore, si propagò per tutta la lunghezza del corteo. Cori e canti si mischiarono e l'aria divenne una bolgia di suoni e rumori diluiti a caso. Il ragazzo si perse nella calca e i suoi occhi smarrirono la figura di Flora. Un attimo e nella mente di Guerrina si fusero rabbia e sentimento. Chi era quella macchia di capelli rossi che le aveva parlato in tono così confidenziale?

Istintivamente lo cercò tra i tanti, ma di lui perse le tracce. Al megafono urlò con disperazione e il fiato le si strozzò in gola. Ebbe un mancamento, fu subito soccorsa e fatta sedere sopra al marciapiede. Il corteo continuò, mentre due compagne di classe le restarono a fianco.

“Flora cos’hai?”

Il buio le sbarrò gli occhi e svenne. Il fiato riprese a circolare nei polmoni e aprendo gli occhi si vide con la testa appoggiata sulle ginocchia del ragazzo dai capelli rossi che sospirò.

“Sei svenuta, non preoccuparti, sei sempre la più tosta di tutti.”

“Cosa mi succede?”

“Sarà stato il viaggio, la tensione… “

“Tu chi sei, come ti chiami?”

Il ragazzo le fece un largo sorriso e i suoi occhi brillarono di soddisfazione. Aveva sulle ginocchia la ragazza che aveva sempre desiderato d’incontrare. Ammirava la sua tempra forte e la sua capacità di mostrarsi tenera e accomodante.

“Sono Stefano e frequento il terzo liceo.”

Flora sollevò la testa e la prima cosa che notò fu un cagnolino di pezza che oscillava a modo di ciondolo dallo zaino di Stefano.

“Dove cazzo sei andato a trovare quel pupazzetto di cane?”

“Lo porto con me dalle scuole elementari”

“È logoro… “

Stefano arrossì e si schermì.

“Lo porto come mascotte.”

Flora si sollevò in piedi aiutata dalle compagne e rise di gusto. Poi lo ammonì.

“Le guerre non si combattono con i cagnolini di pezza.”

Stefano si fece coraggio e le rispose a tono:

“Non sono qui per combattere una guerra.”

“E che cazzo sei venuto a fare?”

“Per reclamare i nostri diritti!”

Flora roteò la testa verso le compagne e non seppe rispondergli. Scoppiò in una risata tonante, d'istinto si fece seria, l'afferrò per il bavero e lo scosse:

"Senti giovincello: siamo qui per lottare, non per fare una gita. Lottare!!!"

"E lo farò a modo mio."

Flora ritornò a ridere e lo lasciò con veemenza.

"Con chi lotti col tuo cagnolino di pezza?"

"Se è necessario: sì!"

"Ma vai a fanculo!"

Flora radunò le amiche e lo lasciarono inebetito, sul marciapiede. Stefano tolse il cagnolino dallo zaino, la chiamò a gran voce e lo mostrò.

"Tieni, te lo regalo."

Le voci degli studenti si allontanavano, pronunciando slogan a più non posso. Le compagne di Flora non seppero trattenersi e scoppiarono in risate sarcastiche. Flora fu attratta dal cagnolino che pendeva dalla mano di Stefano, si avvicinò e, senza dire niente, lo intascò e corse a inseguire il corteo.

Si chiuse il processo con la sentenza di colpevolezza. L'assistito di Flora era stato condannato a risarcire i danni alla sua controparte. Si sfilò la toga e la ripose, piegandola con cura, nella sua borsa. Diede una rassettata al tailleur blu, s'ammirò le scarpe col tacco all'ultima moda e uscì dal Tribunale, ancheggiando. La sua femminilità era prorompente e non pacchiana.

"Vaffanculo! Ci vediamo al processo d'Appello."

Al bar ordinò un caffè bollente e se lo gustò con calma, seduta al tavolino. Dopo la maturità, aveva deciso di laurearsi in giurisprudenza e lo aveva fatto col massimo dei voti. Nel suo studio campeggiava dietro la scrivania la cornice contenente la laurea conseguita all'Università di Parma. Lei era una brillante Avvocatessa e il senso della giustizia, come il nomignolo "Guerrina" datele al periodo del Liceo, le erano rimasti attaccati alle cellule. Nonostante l'insuccesso di quella "Causa", Flora non si diede per vinta e decise di andare fino in fondo. Lisciò il ciondolo attaccato alla borsa e lo mosse facendolo oscillare a modo di pendolo. Il cagnolino di pezza sembrava volesse parlarle e lei sorrise. Davanti a sé, un uomo con un paio di occhiali attaccati al naso la chiamò con voce dolce:

"Flora!"

Lei lo scrutò ma non seppe identificarlo. L'uomo le si avvicinò e la prima cosa che fece fu quella di prendere nella mano il pupazzetto attaccato alla borsa.

"Flora!"

"Scusami ma non ti riconosco."

"Abbiamo una cosa che ci accomuna."

Flora rise e non capì chi fosse.

"Se conosce il mio nome abbiamo avuto modo di incontrarci. Non riesco proprio a riconoscerla."

"Posso sedermi?"

Flora scosse appena la testa e annuì. Non sapeva come uscirsene da quella condizione di imbarazzo. L'uomo si sedette, sorrise bonariamente e fissandola negli occhi le parlò:

"Con chi lotti col tuo cagnolino di pezza?"

Flora guardò il cagnolino e poi l'uomo.

"Non capisco!"

"Sono Stefano!"

"No, non la riconosco. Mi dispiace, dovrei andare. Oggi è stata una giornata di fango: ho perso una Causa e sono stanchissima."

Si alzò e fece per andare. Stefano rimase seduto e la fermò:

"La vita moderna è una corsa continua e non ci fa più vedere le bellezze della natura."

"In quanto a natura, cerco di difenderla come posso. Se vuole qualcosa al bar le offro… "

"No, sono io che ti offro qualcosa."

Flora si indispettì e divenne irrequieta.

"Se vuole consulenza mi può chiamare a questo numero."

Gli diede il suo bigliettino da visita e andò. Stefano non si girò, sorrise e continuò a parlare:

"Ti offro l'onestà, la lotta, la libertà!"

Flora tornò sui suoi passi e lo fissò arcigna.

"Io lotto ogni giorno per la giustizia. Perdo le notti a leggere carte e studiare le leggi, lei cosa fa?

Chi è lei, cosa fa?"

"Quel ragazzo, che in un giorno di marzo, in mezzo al corteo di Roma, ti diede il cagnolino di pezza, è diventato sacerdote. Ero innamorato della tua tenacia, del tuo andare contro tutto e tutti in difesa dei diritti. Ho imparato da te a lottare. Vivo nelle periferie, nell'abbandono delle istituzioni, nell'ignominia della Mafia e combatto il degrado morale dei potenti. Sono un prete scomodo, ma non mi pento di quello che faccio. Cerco gente che sappia cosa sia il valore della vita e oggi ho incontrato te."

Flora cadde pesantemente sulla sedia e restò imbambolata a guardarlo. Il cagnolino ebbe uno scossone e si sfilò dalla borsa. Si chinarono e le loro mani si unirono in un'alleanza che li avrebbe portati a difendere con ogni mezzo la vita umana.

"Guerrina" e Stefano continuano a lottare e non si stancano mai.

Nello suo studio, come in quello di Stefano, sopra la cornice con la Laurea, campeggia la scritta:

LA VITA È UN DIRITTO!

IL FAZZOLETTO DI SETA ROSSO

Il campo era sconfinato e tinteggiava di rosso tutto il creato. Shan esibiva i suoi sedici anni con pudore e non era per nulla intimorita da Liang, che l'osservava estasiato. Recise un papavero e se lo strofinò sulle gote. Si tuffò tra i fiori e divenne fiore.

Il qipào bianco che indossava divenne rosso fuoco e si confuse con la macchia sconfinata rossa.

Dalla collina della Tigre il panorama era meraviglioso, fiabesco e i due giovani giocavano a rincorrersi tra i fiori. I loro visi si toccarono nel punto più dolce e delicato e le loro bocche ebbero un sussulto di piacere. Shan si ritrasse, non aveva mai provato una sensazione simile. I suoi occhi a mandorla divennero fessure luminose che pietrificarono Liang.

Il sole cadeva in picchiata ad Ovest e donò al cielo colori caldi e avvolgenti. Shan si toccò le labbra e toccò quelle del giovane amico. Liang aveva aspettato in silenzio quell'istante che finalmente si avverava.

"L'amore esiste, cercarlo negli occhi del sole."

Furono le uniche parole che riuscì a dirle. Lei sciolse il fazzoletto di seta rosso che teneva legati i suoi lunghi capelli neri e lo strappò in due parti: una la strinse al polso del suo giovane amico e l'altra la tenne per sé.

"Non mi è consentito farlo prima che io mi sposi,

dev'essere il nostro segreto."

Liang contemplò i capelli dell'amata, si sciolse il foulard dal polso e cercò di ricomporli. Shan lo fermò:

"No!"

"Perché?"

"È una promessa, non perderlo mai!"

Liang tolse un papavero alla terra e glielo sistemò fra i capelli. Poi le sfilò l'altro lembo di fazzoletto dalle mani e lo legò al suo polso. Lei sentì fluirle il sangue velocemente, in ogni parte del suo esile corpo e il cuore le scoppiò in petto.

Nacque nel rosso che pulsa nelle vene, l'amore.

I due stettero nel campo dei papaveri, mano nella mano e rubarono al sole gli ultimi raggi dorati che illuminarono di splendore la loro storia acerba.

Liang stava per terminare gli anni del liceo e programmava il suo futuro.

"Voglio studiare Medicina."

Per indole aspirava intraprendere la professione di medico, perciò la sua meta sarebbe stata l'Università di Pechino. Shan si rattristì e nei suoi occhi comparve l'ombra dell'abbandono.

"Starai via molto?"

Non ci fu risposta. Imbarazzati, adagiarono sui fiori, che infuocavano d'emozione, i loro giovani corpi e si unirono, legati col nodo dei fazzoletti, l'uno all'altra e si addormentarono.

Shan aspettava il ritorno di Liang con ansia per passeggiare nel campo dei papaveri, scenario del loro primo bacio. Gli impegni di studio accrebbero per Liang e Shan, sempre più sola, lo attendeva con trepidazione anche mesi interi, fino a quando Liang smise di tornare. Il loro amore era legato solo con cartoline di auguri o lettere piene di passione e, man mano che passava il tempo non arrivarono più. Lei soffrì in silenzio e, nel frattempo, le cose per la sua famiglia precipitarono. Il padre, commerciante di sete pregiate, cadde in disgrazia e si rivolse agli strozzini per saldare in parte i suoi debiti. Il campo del primo bacio, regolarmente ogni anno, produceva papaveri e tingeva di rosso il paesaggio, ma Shan e Liang non vi passeggiavano più. Le loro impronte si confusero tra i petali dei rosolacci e tutto apparve inanimato ed esangue.

La luna splendeva imperiosa nel cielo di maggio e l'aria profumava di fiori in sboccio e fragranze d'oriente.

"Dottore, dottore corra, corra!"

Un uomo trafelato si precipitò nello studio, strapieno di pazienti, del dottor Liang Zhao e gli comunicò di un'aggressione, a tre isolati di distanza.

Liang acchiappò al volo la borsa delle medicine, si scusò con chi attendeva un suo consulto e si precipitò con la moto verso l'accaduto. Al suo arrivo fu parzialmente informato: un coltello aveva trafitto il petto di un uomo o di una donna. Le notizie erano incerte e il corpo era stato trasportato sopra un risciò all'ospedale. Liang non poté confermare il fatto e tornò dai suoi assistiti, che aspettavano da ore il proprio turno. Finita l'estenuante giornata, il dottor Zhao raccolse le sue cose, diede una sistemata veloce alle carte sulla scrivania e spense la luce. La segretaria gli augurò la buona notte e chiuse con sei mandate la serratura della porta. Liang salì sulla moto e partì per tornare a casa, dove l'aspettavano la moglie e i due figli. Durante il tragitto ebbe voglia di passare dall'ospedale. La storia del coltello conficcato nel petto lo aveva incuriosito. Cambiò strada e si fermò davanti all'ospedale che era immerso nella penombra, dal verde dei sicomori. Chiese informazione agli infermieri ma, niente e nessuno seppe dargli chiarimenti. Si aggirò in tutti i reparti strapieni di ammalati, ma non trovò nessuno che corrispondesse alla descrizione del fatto successo qualche ora prima. Il giorno seguente, Liang riaprì come faceva sempre da dieci anni, il suo studio medico e lavorò fino al pomeriggio. Quel coltello conficcato nel petto lo torturava più di chi lo avesse avuto realmente.

Decise di anticipare la chiusura e, in sella alla moto, tornò sul luogo del presunto delitto. Si catapultò nel quartiere a luci rosse pieno di bordelli. Gli si fecero incontro donne che lo invitavano nelle loro case, bardate di stoffe rosse; facendosi largo tra loro, fu attratto da una porta e vi entrò. All'interno le lampade illuminavano in maniera sinistra le stanze addobbate con cura e colorate di rosso, nero e giallo. Gli capitò sotto i piedi un pezzo di stoffa inzuppata di sangue; lo raccolse e riconobbe il disegno.

"Shan!"

Lei comparve da dietro una tenda. Il suo corpo, fasciato col qipào bianco, era sporcato da grosse chiazze rosse. Rimase fissa a contemplarlo.

"Shan cosa ti hanno fatto?"

Lei gli tolse il fazzoletto dalle mani e lo posò sopra un mobile rifinito con lacca nera, sul quale si evidenziavano dei dipinti di draghi rossi.

"Oh Dio! Shan quanto tempo è passato?"

Liang si guardò le mani e vide che il sangue le aveva imbrattate completamente.

"Shan perché sei in questo posto?"

"Sono stata rapita dagli strozzini di mio padre."

"Perdonami! Ti ho lasciata indifesa per seguire le mie aspirazioni."

"No, Liang! Non devi batterti il petto, ognuno ha una strada da perseguire."

Liang le si avvicinò e guardò all'interno dello squarcio provocato al petto: il suo cuore stava per arrestarsi. Cercò di tamponare la ferita, ma era troppo profonda e nulla l'avrebbe rimarginata. Shan cascò sulle sue braccia, morente.

Gli uccelli cinguettavano festosi e il cielo azzurrino aveva striature delicate di vapore bianco. Un solletico al naso di Liang lo svegliò.

Una farfalla variopinta gli svolazzò intorno per poi sparire tra i papaveri. Shan si avvicinò, gli carezzò il viso e non parlò.

"Shan, cosa è stato?"

"Ci siamo addormentati."

"Abbiamo passato qui tutta la notte?"

"Sì, amore mio!"

"Ho fatto un brutto sogno."

Shan gli fece cenno di tacere, si accostò a lui e lo baciò teneramente.

I loro polsi erano stretti da un fazzoletto di seta rosso.

IL FARFALLINO A POIS

"Siora, siora! Che fa seduta sullo scranno, non vede che è antico?"

Amelia aveva camminato tra le tante bellezze di Venezia e, giunta a Cà Rezzonico, nella sala del trono, si era seduta un attimo per distendere le gambe e per ammirare, con la testa in aria, l'Allegoria del Merito, dipinta sul soffitto da Giambattista Tiepolo. Quello che sembrava il custode le si avvicinò, attratto dal suo viso bonario di donna che ne aveva passate tante nella vita.

"Siora, mi scusi. Capisce bene che non si possono toccare gli arredi e tutto quello che è in esposizione nel palazzo."

Amelia si fece forza sulle ginocchia, tese una mano al custode che, prontamente, l'aiutò e stette subito in piedi.

"Le gambe una volta avevano la forza di cento cavalli, ora sono buone solo per farmi camminare a stento."

"Lo so siora! Mia mojère, poarèta aveva gli stessi problemi."

Amelia si rattristì e osservò gli occhi dell'uomo pieni di lacrime.

"Morta?"

"Sono tre anni e non mi rassegno. Son vedovo."

"Posso capirla! Io lo sono da dieci e mi manca il suo conforto."

"Riservo il mio tempo libero alla cura e alla salvaguardia

delle bellezze di Venezia, sono un volontario"

Amelia fu attratta dall'abbigliamento stravagante dell'uomo: un farfallino nero a pois gli serrava il collo e un cappello modello Borsalino nero, gli copriva la testa, dalla quale fuoriuscivano ciocche di capelli brizzolati. La faccia ossuta aveva una pelle bianca e liscia e il mento era adornato con un pizzetto alla Pirandello. La prima cosa che la colpì dell'uomo fu il farfallino.

"Mi scusi se mi permetto: il suo cravattino… "

L'uomo rise e se lo toccò.

"È vècio vero?"

"Sono sarta e l'occhio cade sui difetti."

"È un mio portafortuna e non riesco più a togliermelo."

"Avrebbe bisogno d'essere rammendato, è sgualcito e usurato."

L'uomo le porse il braccio e lei s'appoggio.

"Venga con me l'accompagno al suo gruppo."

Amelia gli batté con affetto la mano e gli fece un largo sorriso. Sottobraccio percorsero le altre sale del palazzo. Man mano che camminavano, l'uomo le spiegava gli affreschi, i maestri e la manifattura delle consolle, degli specchi, dei vasellami e di tutto ciò che si trovava nella Cà Rezzonico. Ad un tratto l'uomo si fermò e la guardò fissa negli occhi.

"Lei ha gli stessi occhi di mia moglie. Non parlo di colore. Ha la stessa luce di bontà e pazienza."

"Se vuole mi può chiamare Amelia, è il mio nome di battesimo."

Sorrise, come a voler nascondergli qualcosa. Capì che con l'uomo poteva spingersi oltre e confidargli la sua vera natura.

"Per me la pazienza ha un limite. Quando le cose non

vanno per il verso giusto, mi abbandono e perdo il lume della ragione. Oh, mio Dio non mi faccia pensare."

"Sono Tito e faccio il violinista!"

"No, Tito! Così non va. Il suo cravattino ha bisogno di una sistemata. Un violinista non può presentarsi così conciato ai concerti."

Amelia uscì ago e filo dalla borsa, gli tolse il cravattino, si sistemò sopra ad una sedia Luigi Filippo, lo rammendò ad arte e lo risistemò al collo.

Tito non seppe reagire e la lasciò fare.

"Da quando mia mojère… non faccio più concerti."

"Tito devi reagire!"

"Passo le ore qua dentro, mi basta."

"Mi piacerebbe sentirti."

"Non ho con me il violino."

"Allora sarà per la prossima volta."

"Se vuoi, quando chiudiamo il palazzo, potremmo andare a casa mia."

"Il fatto è che non sono sola… "

"Ti porto in gondola."

Il volto di Tito si riflesse ad uno specchio che aveva perso parte della sua lucentezza. Si vide rinvigorito e meno malinconico.

"Quello sono io?"

Si girò verso Amelia e la baciò sulla guancia. Lei non si ritrasse e gli sistemò il farfallino.

"Son contenta, Tito. Il sorriso aggiusta l'anima e fa ripartire di gran vigore il corpo."

"Ti invito nella mia casa. Desineremo e ti farò ascoltare la Sonata di Bach, per solo violino."

"Non mi sembra il caso che ti disturbi."

"Devo ricompensarti per il farfallino. Linda, la mia

domestica prepara sempre ottimi piatti. "

"Ma no, che dici?"

Amelia arrossì. Ne aveva visto tante nella sua vita. Tito gli sembrava proprio una bella persona e non seppe rifiutare l'invito. Si fissarono lungamente e la luce che filtrava da una vetrata si interpose fra loro e illuminò i loro visi atteggiati a sorriso.

"Sono solo, i miei due figli lavorano all'estero."

"Anch'io sono sola. Il mio unico figlio, Faustino, fa l'Ingegnere a Venezia. Sono venuta dal sud per festeggiare la Pasqua con la sua famiglia. I miei nipoti mi accompagnano a fare un giro per la città. Ora non so dove siano… "

"Nell'enorme salone di casa mia non metto piede da quando…"

"Va bene, Tito! Dobbiamo però avvisarli."

Per istinto, Amelia si diede una sistemata ai capelli, con le mani e con lo sguardo cercò di scorgere i suoi nipoti.

"Staremo bene insieme, seduti al grande tavolo."

"Devo trovare Sebastiano e Ines… "

La gondola scivolava sull'acqua. I rii sembravano marmi incerati lucenti e le loro figure si riflettevano al sole, che calava lentamente tra sfumature di color porpora, turchino e giallo ocra. Giunsero all'attracco della gondola e percorsero un centinaio di metri, a piedi. La casa di Tito si trovava nella zona storica ed era intonacata di un rosso simile alla ciliegia.

Amelia, da subito, ebbe la sensazione d'essere entrata in una favola. La casa era enorme, con grandi spazi affrescati. Le fatiche di una vita, di colpo si azzeravano. Il suo cuore ricominciò a battere forte, forte, fortissimo. Gli occhi di Tito si tinsero d'azzurro. Il mare e il cielo erano stati mischiati dalla mano sapiente d'un pittore. Come aveva fatto a non accorgersene prima? Lei non aveva mai creduto al colpo di fulmine, nemmeno col suo povero marito era successo. Il suo era stato un matrimonio fatto per amore e con amore era durato quarant'anni. Il fulmine la colpì e la scosse. Nell'età in cui prevale la ragione sull'istinto, lei si faceva trascinare dall'impeto giovanile della passione. Ebbe timore. Timore che tutto potesse finire e risvegliarsi in un sogno. Si aggirò nelle sale della casa che emanavano odore di zagare.

Capì che loro erano tessere identiche dello stesso mosaico. A fine cena, Linda fu dispensata dai suoi impegni e Amelia rimase sola a gustarsi il caffè sul divano di velluto rosso operato. Alle sue spalle, il suono del violino si propagò per tutta la sala.

Lei chiuse gli occhi e non si girò. La sonata per solo violino di Bach entrò nelle sue cellule che si mossero impazzite. La sera prese il posto delle luci chiare del giorno e il cellulare di Amelia suonò ripetutamente. La cercava il figlio. I nipoti, avendola persa di vista, l'avevano sollecitata a ritornare.

Tito l'accompagnò al sestiere Santa Croce, dove si fece trovare il nipote Sebastiano e nel silenzio dei loro cuori si salutarono.

Il sole del sud aveva completato la maturazione del grano e ci si apprestava a combattere l'afa e le zanzare. Giunta la sera Amelia preparava nella sua camera il letto per rinfrescarlo; aveva spalancato tutte le persiane.

Sotto la finestra sentì schiamazzi e battiti di mani.

D'incanto il suono del violino echeggiò e si propagò in tutta la stanza. Le voci della strada si zittirono. Lei conosceva quella musica, s'affacciò e riconobbe il farfallino nero a pois.

MASCHERA D'ORO

Gli ultimi sberleffi e la scena si concluse nell'applauso e nelle risate a crepapelle del pubblico.

Costante chiamò a sé gli altri interpreti, si tolse la maschera nera di cartapesta e l'inchino pose il punto alla commedia. Costante era il capocomico di una compagnia di teatro vagante, che si muoveva col carrozzone per borghi e Corti. Dopo la rappresentazione del capitano Scaramouche, replicato tante volte, entrò nel carrozzone, si sedette alla poltrona imbottita in velluto, si tolse la maschera con l'enorme nasone, il cappellaccio piumato e si pulì gli ultimi residui di farina dalla faccia, resa pallida per ragioni di canovaccio. Nel buio del carrozzone, comparve una giovane donna, vestita miseramente.

"Mi scusi messere!"

Costante si voltò e, dall'ombra della luce di una candela, notò il volto della donna, celata da una maschera di cartapesta color oro e una bellezza per niente ostentata.

"Da dove sei entrata?"

"Scaramouche è spaccone, donnaiolo ed esibisce beffardamente il… "

Costante si toccò la protesi di cuoio che aveva sul basso ventre, che evidenziava la sua virilità scenica.

"Sei venuta per dirmi questo?"

"Messere, il suo costume non mi piace affatto."

Costante indossò la maschera e si mostrò alla luce. La

donna arrossì e fece per andare. La fermò, le avvicinò la candela al viso e la sfiorò col dorso della mano."

"È solo finzione scenica."

"Mi chiamo Emerenziana è penso che nulla viene dal caso, messere."

"Beh, e che vuoi dire?"

Emerenziana lo lasciò e corse via. Costante si turbò: il suo orgoglio era stato ferito e non fece nulla per fermarla. I suoi sberleffi, le sue moine, il suo fare da gradasso dov'erano finiti? Goffamente si mosse nel carrozzone e l'inseguì.

Scostò il telo che ostruiva l'entrata e non la vide più.

"Dov'è finita quella donna?"

Nessuno seppe dargli risposta. Con un balzo saltò giù e si fece largo tra gli attori che, con un'alzata di spalle, ripresero ad arrotolare i teli delle scene.

Guardò a destra e a sinistra, ma di Emerenziana nemmeno l'ombra. Urlò e tutti sobbalzarono.

"Quella femmina mi ha insultato. Chi l'ha mandata?"

Il sole calava visibilmente e la sera produceva versi di animali che tornavano nelle stalle. Costante si vide circondato da un gregge di pecore che ritornavano all'ovile. Il cane lupo che le sorvegliava, vedendolo così conciato lo puntò e lo bloccò sulla scaletta che portava nel carrozzone.

"Vai via cagnaccio!"

La sua espressione, verosimilmente uguale a quella della maschera che interpretava, di colpo perse la sua tracotanza e se la fece sotto per la paura.

Gran risate degli attori e gran disordine. Alcuni spettatori, che avevano assistito al suo spettacolo, si riunirono intorno alle pecore e ci fu una bolgia di risate e sfottò. Scaramouche cadde nel ridicolo e Costante andò su tutte le furie. In lontananza comparve la figura di Emerenziana, lui ruzzolò sui gradini e sbiancò. Si ricordò di avere la maschera e se la sfilò. Il cane si ammansì, le pecore ripresero la loro strada e il pubblico si diradò. Emerenziana restò imperturbabile a guardarlo. Lui urlò:

"Cosa vuoi da me?"

Tutti si fermarono, il mondo si fermò. Nelle sue vene un fiume gelido percorse il corpo, fino a farlo diventare di ghiaccio. Emerenziana si avvicinò ad un palmo da lui e lo fissò brevemente negli occhi.

Intercorse tra loro una distanza lunghissima carica di interrogativi. Lei senza proferire parola si voltò, sgusciò e fece perdere la sua figura nell'ombra della sera. Costante si precipitò all'interno del carrozzone e andò a mettersi ad un angolo, nel buio.

Lo colse l'affanno e sentì salirgli il sangue alla testa. L'ira s'impossessò del suo essere e incominciò a buttare i vestiti di scena per terra.

Nelle mani gliene rimase uno di donna. Lo esaminò attentamente e notò all'interno della fodera una data ricamata col filo in oro. Il tempo capovolse le ore e ridusse gli spazi. Emerenziana era la coscienza che si ribellava dentro di sé e una serie di emozioni affiorarono dagli abissi torturandogli l'anima.

"Oh, Dio!"

Nel cadere pesantemente sulla poltrona, sbatté la testa alla spalliera, procurandogli un bozzo. Guardò fissamente la maschera, trovando un punto dove poter porre il suo sguardo, ma bruciava di vergogna nelle sue mani e la lasciò cadere.

"Non è possibile!"

Il bardotto, che trainava da una decina d'anni il

carrozzone della compagnia d'arte teatrale di Costante, ni-
trì e ficcò la testa nella bisaccia piena di biada. Nel carrozzone si presentò Fabiana, la sua donna, con un piatto di
minestra fumante. Lo porse, ma lui lo rifiutò.

"Vai via!"

"Cos'hai?"

"Lasciami in pace!"

"Che ti ho fatto?"

"Non farmelo ripetere."

"Va bene! Se ti va possiamo parlarne."

"Parlarne? Cosa vuoi sapere tu?"

"Se posso aiutarti."

Costante ebbe un senso di ripulsione verso la donna ma
nello stesso tempo voleva conforto. Il suo fare da gradasso
non le permetteva di cedere al pianto, lo avrebbe fatto vo-
lentieri. Avrebbe pianto sul grembo della donna che lo se-
guiva nel suo girovagare da parecchi anni e divideva con
lui gioie e dolori di una vita che si trascinava sulle strade
infangate degli inverni e infuocate e aride delle estati.

Fabiana lasciò il piatto sul tavolino, gli fece una carezza
e andò per uscire. Costante a testa bassa la fermò.

"Nemmeno tu hai visto quella donna?"

"Anche se l'avessi vista… "

Fabiana scivolò giù dal carrozzone e lo lasciò immerso
nelle sue riflessioni. Sapeva che dopo ogni spettacolo
aveva bisogno di riprendersi la vita e tornare nel reale. Ma
questa volta c'era qualcosa in più. Riprese il vestito con la
data ricamata in oro e lo esaminò in tutte le sue parti.
Tornò nel tempo dei ricordi. Sovrappose la sua maschera
al vestito e nella sua immaginazione un corpo di uomo e
l'altro di donna erano uno sopra l'altro, immersi in un
campo di margherite. Pose le mani al volto:

“Non può essere!”

Si precipitò verso l'uscita e vide i suoi attori attorno al falò. Fabiana non c'era, la cercò con gli occhi ma niente, si era dissolta anche lei. La notte passò tra insonnia e agitazione. La mattina seguente, di buon'ora, i teli delle scene furono spiegate e Costante si apprestò a dare un nuovo spettacolo e una nuova storia. Il pessimo umore lo allontanò dai suoi teatranti e non rivolse loro la parola, non prima della fine della rappresentazione. Era stato il solito sbruffone tracotante e sulla scena aveva dato il meglio di sé. La gente si era sollazzata fino alle lacrime e tutto era andato per il verso giusto.

Come suo solito, a fine recita, si chiuse nel buio del carrozzone e lì vi rimase, fino a quando non lo raggiunse Fabiana.

“Dove sei sparita?”

“Ti sono mancata?”

“A domanda, non rispondermi con domanda.”

“Avevi bisogno di solitudine e mi sono rifugiata a dormire sotto un albero.”

“Hai avuto freddo?”

“Non importa!”

“Oggi sei stata brava, hai saputo tenermi testa.”

“Ho seguito le tue espressioni… “

“Senti Fabiana: devo dirti una cosa.”

“Ti sei stancata di me?”

“Ma non dire idiozie!”

“Sono pronta a farmi da parte.”

“Che vuoi dire?”

“Gli uomini d'arte come te non sanno ritrarsi davanti ai piaceri della vita.”

“Non è come pensi tu!”

"Non penso a niente. Conosco il mio ruolo nella tua vita e cerco di non invadertela."

Costante rise di gusto e l'abbracciò. Il suo caratteraccio, di colpo prese la piega del sentimentalismo. Lei capì che c'era qualcosa che non andava in lui, ma si prestò al gioco e fecero l'amore. Nuovamente la sera aveva calato le sue tende e fu subito buio.

Nel carrozzone furono sistemati le tele di scena, il bardotto fu rifocillato e il carrozzone riprese il suo peregrinare fino alla prossima tappa.

Tra gli scossoni e lo stridere delle ruote Fabiana si addormentò sulle sue braccia.

Nella mente di Costante la figura di Emerenziana lo tormentava con il suo enigma.

Perché lo aveva deriso e chi era in realtà? La maschera in oro, che celava i suoi occhi, non gli avevano permesso di scoprirlo.

Carezzò i capelli a Fabiana, non ricordò nemmeno da quanto non lo faceva. Lei era sua moglie, ma l'abitudine e lo scorrere degli anni gli avevano fatto perdere il desiderio sfrenato d'amarla come i primi momenti dell'innamoramento. Si guardò le mani che cominciavano a riempirsi di rughe.

Lo specchio sul tavolo dei trucchi gli restituì un volto stanco e sciupato. La fiammella della candela, si mosse allo sbalzo delle ruote sopra i sassi.

I suoi occhi si chiarirono e tutto fu chiaro: la maschera in oro, la data cucita col filo in oro sul vestito.

"Emerenziana perché mi vuoi torturare?"

Fabiana girò la testa, aprì gli occhi e studiò l'espressione del suo viso. Il tempo si fermò e cancellò in un attimo segreti ed enigmi da risolvere. Lei indossò la maschera in oro che aveva nascosto nelle pieghe del vestito e gli rispose dolcemente.

"Scaramouche stiamo perdendo il vero senso dell'esistenza. Abbiamo consumato una vita in mezzo alle maschere."

"Non posso farne a meno, fanno parte di me."

Il ricordò affiorò fulmineo: la maschera gliela aveva regalato lui, nel giorno di marzo quando i fiori investono il creato di colori e di profumi. La data ricamata sul vestito ne era la testimonianza.

Adagiò Fabiana sopra il letto, le sistemò il cuscino sotto la testa e la coprì con la coperta. Lei si sentì coccolata e piena d'attenzioni. Una lacrima scivolò da sotto la maschera e le bagnò la guancia. Costante la deterse col pollice e la baciò lievemente sulle labbra. Ritornava il campo delle margherite e i loro corpi che splendevano di purezza al sole.

"Solo quando non abbiamo quello che veramente ci interessa, scopriamo che ci manca di più. Sì, Fabiana mi sei mancata. Mi manchi da un tempo illimitato. La colpa è del mio orgoglio che non so tenere a bada."

Fabiana sospirò e le lacrime fluirono inzuppando la maschera di cartapesta. L'oro con la quale era dipinta si sciolse e lei fu interamente cosparsa dal metallo prezioso. Costante buttò sulla strada polverosa la maschera di Scaramouche e si adagiò accanto al suo gioiello.

INDICE